www.ingramcontent.com/pod-product-compliance
Lightning Source LLC
Chambersburg PA
CBHW070745280626

47162CB00017B/2371

LA
POVDRE
DE
SYMPATHIE
IVSTIFIEE.

Dedié à Monseigneur Foucquet Procureur General.

A PARIS,

Chez PIERRE DE BRESCHE

Libraire & Imprimeur ordinaire de la
Rey ne, ruë S. Iacques, vis à vis les
Cherniers S. Benoist, à l'Image
S. Ioseph, & S. Ignace.

M. DC. LVIII.

Auec Priuilege du Roy.

LA
POUDRE

A MONSEIGNEVR

FOVCQVET

CONSEILLER
du Roy en ses Conseils, Procureur general, Surintendant des Finances, & Ministre d'Estat.

MONSEIGNEVR,

Si la nature nous decouure icy bas des suiets qui participent abondamment les vertus celestes pour les porter és

lieux plus esloignez par
l'esprit vniuersel du monde,
& leur communiquer auec
la mesme force que les astres,
comme nous voyons en la
Poudre de Sympathie perse-
cutée depuis long-temps, &
defenduë par ce petit-ouura-
ge que ie vous offre ; la grace nous fait voir pareillement des ames doüées de si
grands aduantages, qu'elles
départent si liberalement
que l'on peut dire que faisant
le bien sans se lasser comme
le Ciel, leurs belles qualitez
sont de mesme nature, puis
qu'elles se communiquent
d'vne mesme maniere. La vôtre, MONSEIGNEVR,

EPISTRE

eſt marquée à ce noble coing,
& ie ne fais tort qu'à voſtre
modeſtie, quand ie publie
que ſi le Ciel vous a fauo-
riſé de mille glorieuſes qualitez qui vous releuent par
deſſus tous les autres, vous en
diſtribuez les fruits auec la
meſme liberalité, & que par
vne Sympathie naturelle que
vous auez auec les belles choſes, il ſuffit de vous toucher
par les moindres motifs, pour
receuoir des riches effets de
voſtre bonté.

De ſorte qu'entreprenant
la defenſe d'vne Poudre que
l'ignorance auoit abaiſſée
plus bas que la pouſſiere que
nous foulons aux pieds, pour

EPITRE.

la releuer iusques dans les
Cieux d'où elle tire sa vertu,
ie fournis vn agreable suiet
à ceux qui sçauent esleuer
leurs esprits par les moindres
choses à des especes plus espu-
rées, d'admirer ces nobles
ames, que la verité malgré
l'enuie qui les voudroit aba-
tre, releue iusques à leur diuine source, où elles ont
puisé leur prix & leur va-
leur, & de vous consideren
MONSEIGNEVR, auec
respect victorieux de toutes
les puissances, qui ne pouuant souffrir le haut eclat
de vostre credit, se sont quelquefois efforcez de vous con-
trarier à leur confusion.

EPISTRE.

Vous auez esté, MON-SEIGNEVR, engagé dans les plus importantes affaires du Royaume, vous auez esté exposé en la Cour parmy les plus brillans Soleils de nostre siecle : c'est là que vous auez puisé les plus belles lumieres pour la conduite de vostre vie, c'est là que vous auez tousiours esté consideré comme un precieux sujet digne de receuoir les meilleures & les plus hautes teintures de la sagesse, c'est là que vostre merite exalté par ses hautes connoissances estoit estimé plus que celuy des hommes, & que l'authorité qu'il

vous auoit acquis & fait
des enuieux auffi bien que
des admirateurs: mais malgré l'enuie la renommée a
porté voftre gloire iufques
aux lieux les plus eftoignez,
& les moins voifins de voftre feiour, auoüent publi-
quement qu'encores que la
France nourriffe les plus
beaux efprits du monde,
elle n'en pouuoit toutefois
auoir plufieurs de voftre
trempe & de voftre force.

V ous ne vous eftes point
auffi MONSEIGNEVR, com-
porté en vos actions à la façon commune, & n'auez
pas feulement fait du bien
à ceux qui ont l'honneur de
vous

vous seruir, mais apprenant le merite des vns par la reputation & le besoin des autres par des simples recits vous auez fait ressentir à tous les effets de vostre pouuoir, leurs faisans des dons dignes de vostre pieté, & la voye de cette douce communication, n'a esté autre que cet esprit genereux de charité, que vous auez succé auec le laict, & que vous ne pouuez perdre qu'auec la vie, qui est sans doute l'esprit vniuersel du Christianisme; nous voyons aussi que nostre Roy tres-Chrestien vous a fait Surintendant de ses Finances,

ẽ

ne connoissant personne qui
ait plus de lumieres pour les
gouuerner, & plus de zele
pour en bien vser : C'est
dans cette Eminente dignité
MONSEIGNEVR, que
tous les bons François vous
considerent auec plaisir,
puis que c'est à sa faueur que
vous les secourez tous auec
douceur ; & ie puis dire
que comme la precieuse ma-
tiere de la Poudre que ie
defends ayant receu des corps
superieurs qui nous domi-
nent vne vertu toute mira-
culeuse la communique par
tout, & la porte dans les
suiets les plus distans pour
leur soulagement, de mesme

EPISTRE.

MONSEIGNEVR, si
vous auez receu de nostre
Souuerain le charactere &
le pouuoir d'administrer
toutes les richesses de son
Empire, vous les distri-
buez par tout auec iustice,
& les employez au soula-
gement de l'Estat auec
amour, vous guarissez les
malades dans ses armées,
vous soustenez les bras des
plus sains & des plus robu-
stes, dans nos combats, &
bien que l'on ne vous voye
que dans vn lieu, vous
estes present par tout par
les amoureux & salutaires
effets de vostre pouuoir.

Ainsi MONSEIGNEVR,

ie ne puis estre blasmé si ie
prends la liberté de vous de-
dier ce petit ouurage, puis
qu'il defend la vertu d'vn
agent, qui en sa merueil-
leuse façon d'agir a beaucoup de raports auec la vostre, & que la verité pre-
nant vostre party contre
tous vos enuieux, imposant
silence au mensonge, &
fermant la bouche à certains
zelez indiscrets, qui n'ont
pas l'esprit assez esleué, pour
iuger sainement de la conduite des grands hommes,
persuade sans peine que
toutes vos actions n'ont
point d'autre principe que
vostre iustice, & que l'eclat
de

EPISTRE.

de voſtre vie victorieuſe &
triomphante ne ſe doit rap-
porter qu'à voſtre vertu ainſi que la raiſon s'intereſſant
pour la Poudre de Sympathie
veut témoigner à tout le
monde ſous l'appuy de vo-
ſtre faueur que les innocens
effets de ſes vertus ſont deubs
au ſeul pouuoir de ſa nature.

Que ſi MONSEIGNEVR,
ie ne mets point icy mon
nom, vous iugerez bien
qu'il ne doit pas paroiſtre à
l'aſpect du voſtre, & que
retirant des tenebres de l'i-
gnorance la vertu d'vne choſe
ſe qui merite d'eſtre connuë
de tout le monde, il eſtoit à

ī

propos de laisser dans l'obscurité vn nom qui n'est pas digne de vostre connoissance; & si MONSEIGNEVR, ie vous consacre ce peu de trauail, sans auoir l'honneur d'ostre conneu de vous, ie le fais MONSEIGNEVR, pour obseruer quelque rapport de l'ouurage auec son ouurier, afin que la defence d'vn remede caché & inconneu, vous fut offerte par vn Autheur qui ne fut point conneu; & puis MONSEIGNEVR exaltant vne vertu qui agist sur des sujets, quoy que tres-éloignez, ie puis vous faire part de mes respects, bien

EPISTRE

que ie n'aye iamais eu l'honneur de m'approcher de vostre personne : & si la vertu
de ce remede s'estent iusques
au suiet, bien qu'il n'en
touche qu'vne parcelle sepa-
rée, ie veux esperer MON-
SEIGNEVR, que le respect
que ie tesmoigne ma iusqu'à
vous mesmes, quoy qu'il ne
soit rendu immediatement
qu'à vostre renommee, c'est
le seul aduantage que i'en
pretends, auec celuy de me
declarer ouuertement dans
les occasions.

MONSEIGNEVR

Vostre tres-humble & tres-
obeissant seruiteur.

D. B.

Extraict du Priuilege du Roy.

PAr la grace & priuilege du Roy datté du 9. Feurier 1658, signé SIMON, Il est permis à PIERRE DE BRESCHE Marchand Libraire & Imprimeur ordinaire de la Reyne de nostre bonville de paris, d'imprimer, vendre & debiter vn liure intitulé la poudre de Sympathie iustifiée, & defenses de l'imprimer, contrefaire & debiter par qui que ce soit pendant le temps & peines deduites plus amplement audit priuilege, registré & acheué d'imprimer pour la premiere fois le 12. Feurier 1658.

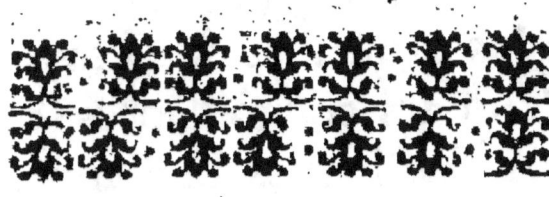

LA POVDRE
DE SYMPATHIE
VICTORIEVSE

DE pvis le fune-
ste moment, que
l'homme criminel
est décheu de tous les aduantages, qu'auoit merité
l'innocence, l'ignorance,
& la presomption occu-
pent en son entendement
la place de la verité, & de
la modestie, d'où vient,
que les erreurs, & les men-
songes, sont les objects

A

plus ordinaires de sa foy,
& de ses connoissances, &
les plus hautes lumieres,
qui luy deuroient seruir de
vie, & d'aliment, ne luy
sont plus que du poison,
il s'éblouit à leur premier
aspect, il s'altere à leur
retour, & à la fin il les
condamne, se faisant, par
vn sort mal-heureux, vn
iniuste censeur des plus
belles choses, qu'il ne peut
conceuoir, de sorte que si
Dieu, par quelque traict
d'vn singulier amour, veut
faire quelque illustre, es-
clairant son esprit de ces
belles lumieres, que l'i-
gnorance en auoit effacé,

& luy commande de les
produire au dehors, com-
me des fidelles marques
des beautez anciennes ,
dont il auoit enrichy sa nature, dans son premier état,
& des motifs de regrets ,
pour vne perte si notable,
aussi-tost qu'il se met en
deuoir d'obeyr à ce com-
mandement , à mesme
temps il se voit inuesti de
mille troupes d'ignorants,
& de presompteux , qui
à guise de ces oyseaux nor-
ctürnes , ne pouuans sup-
porter la clarté d'vn beau
iour , & se plaisans dans
les renebres, l'attaquent
ouuertement , noircissent

sa reputation, l'outragent
de paroles, le calomnient
partout, censurent ses ou-
urages, accusent ses actiós,
iniurient sa personne, at-
tentent a sa vie, menacent
sa liberté, & font tant, que
ce flambeau du Ciel est
contraint de voiler ses lumieres, & de ne luire qu'à
soy-mesme.

C'est vn mal-heur, que
l'on ne peut trop déplorer
que la verité soit contrainte de ceder au mensonge,
les sages aux ignorants, &
la modestie à la presom-
ption, s'il dure plus long
temps, les sublimes pen-
sées de nos ancestres glo-

rieux passeront deformais
pour des fables, & les esprits tyrannisez par ces opi-
nions, intimidez par ces
puissances, & preoccupez
de leurs faux sentimens, se
trouueront hors de moyen
de rechercher la verité, &
dans vne iniuste contrainte
de s'entretenir d'erreurs, &
se nourrir de faucetez. nous
connoissons desia à nostre
preiudice, que ces hautes
sciences que possedoient
les Philosophes anciens,
font alterées dans nos es-
choles, & ne paroissent
que des ombres. Nous con-
noissons que les secrets my-
sterieux, que le Ciel leur

auoit reuelé, sont auiour-
d'huy estimez resueries,
nous voyons que les actiõs,
qui ne sont pas commu-
nes, s'attribuent à la puissance du demon, & non de
la nature, & enfin nous
verrons que les sens suiets
à mille tromperies, deuien-
dront les seuls arbitres de
nos croyances au preiudice
de la raison, pour ne vou-
loir, ou pour n'oser examiner les secrets, ressorts des
causes naturelles, nous lais-
sant emporter legerement
aux grossiers sentiments
d'vn vulgaire abusé, & crai-
gnant assez mal à propos
les iniustes censures des

faux Docteurs presomptu-
eux ; il faudroit secoüer
cette crainte , & s'armer
de courage contre ces vio-
lences ; les traicts plus ri-
goureux de leur auersion,
ne blessent pas trop rude-
ment , puis qu'ils ne peuuent autre chose, que nous
faire des glorieux Martyrs
des belles veritez : mais ie
croirois plustost que nostre
zele couronneroit nostre
innocence , & reduiroit
nos ennemis à seruir d'e-
xemplaires victimes à la
confusion ; les autres nations n'ont pas plustost té-
moigné leur courage con-
tre les premiers efforts de

leurs perſecuteurs en cettē
occaſion qu'ils les ont obli-
gez à ſe taire, & à ne plus
troubler l'innocent exerci-
cé de leurs belles penſées;
la ſeule France qui deuroit
monſtrer l'exemple aux
autres, quand il eſt que-
ſtion de zele & de courage,
s'eſt ſouſmiſe à cette ſerui-
tude, & tant de beaux eſ-
prits qu'elle eſleue dans la
douceur de la liberté, ſont
engagez dans cette tyran-
nie, & n'oſent eſclore les
plus riches productions,
dont leur naiſſance les a
rendu capables; & tandis
qu'on nous enuoye de tou-
tes parts des curieux ou-
urages,

urages, pour exciter noſtre
vertu à en faire le meſme,
nous demeurons dans le ſi-
lence, au grand mépris de
noſtre propre honneur.

C'eſt vn crime, détouffer
les lumieres que le Ciel
nous départ, & le commet-
tre par crainte des perſe-
cutions de nos hardis Cen-
ſeurs; c'eſt vne laſcheté in-
digne de pardon. Que peut
on craindre en publiant les
Leçons qu'on à appris dans
l'eſchole du Ciel? que peut
apprehender celuy qui parle en faueur de la verité ?
c'eſt vne peur panique de
trembler, nonobſtant la
faueur d'vn ſi puiſſant ap-

B

puy : ce sont les sentimens
que ie voudrois grauer, si ie
pouuois dãs tous les cœurs,
afin que reprenant la liberté d'examiner les belles
choses, nos esprits ne soient
plus affamez, & soient
nourris de leurs plus no-
bles aliments : pour mon
particulier ie fairay toute
ma vie l'insolente tyrannie
de l'esprit, & conserueray
autant que ie pourray la liberté de dire vray, sans
craindre ces partisans d'enfer gagez, pour obscurcir
les plus belles lumieres aussi-tost qu'elles naissent, &
estouffer les veritez dans
le berceau. Ie les attaque

par ce petit ouurage, que
mes amis m'ont obligé de
donner au public : i'arreste-
ray peut-estre leur audace,
leur iettant de la poussiere
aux yeux. C'est ce que ie
veux faire, entreprenant
hautement la defence de la
Poudre de Sympathie, &
la faisant paroistre tres-in-
nocente & naturelle con-
tre leur sentiment, qui la
declare magique & super-
stitieuse.

Elle est à la verité vn
doux effect de la magie diuine, ie veux dire de cette
sapience, qui découurit à
Salomon, & manifeste tous
les iours aux vrays magi-

32 LA POVOIR[?]
ciens les dons, les facultez,
& la vertu de chaque cho-
se, la puissance des causes,
& le pouuoir de toute la
nature en cette merueille
leur a esté enseignée de
Dieu mesme, & nous en
ont fait participans, non
pour la blasmer & con-
damner, mesconnoissans
vn don si precieux, mais
pour loüer de bien-facteur
consolez par le secours de
la vertu.

Ce n'est donc pas le tra-
uail du demon ny de tous
ses confœderez, qui mar-
quez du sçeau de reproba-
tion, ont passé auec luy dés
cette vie vn Contract d'al-
liance.

liance. Ce n'est pas vn
ressort de leur noire ma-
gie, ainsi qu'auancent te-
merairement nos aueu-
glez censeurs; cette bel-
le leçon si profitable à la
santé des hommes, ne peut
venir de leur Escholle. Le
Diable ennemy enragé
des humains, pour auoir
seruy d'occasion à sa reuol-
te, & à ses chastimens; le
Diable irreconciliable dans
sa haine, autant qu'il est
obstiné dans le mal, pour
ne pouuoir desmordre,
suiuant la nature de l'Ange
de ce qu'vne fois sa volon-
té a embrassé, ne peut iamais former vne pensée,

C

qui aie pour objet noftre
foulagement , tous fes
foins & tous fes artifices fe
portent à nous faire du
mal , à nous obferuer dés
le premier moment qui
nous fait voir le iour iufqu'au dernier , qui nous
ferme les yeux, à nous ten-
dre des pieges , & des
lacs pour nous procurer
des cheutes defaftreufes, à
dreffer des embufches , à
nos biens, nos vies , & nos
honneurs ; & à ne pas laif-
fer efcouler vn moment
de la vie, fans nous caufer
quelque notable preiudi-
ce : c'eft pour cela que l'Ef-
criture nous donne pour

aduis qu'il marche fans cef-
fe, où à cofté de nous, où
deuant nous, où derriere
nous : c'eft pour cela, que
la premiere claufe qu'il
fait inferer au contract da-
mitié, qu'il paffe auec ces
ames noires qui fe don-
nent à luy, eft d'empef-
cher le bien, & d'employer
toutes leurs forces, & fe
feruir de fes enfeignemens
pour faire tout le mal qu'ils
pourront, fans efpargner
leur propre fang, & tres-
fouuent les grefles, les
pluyes, & les orages, les
moucherons, & tant de
fortes de vermines qui per-
dent & rongent tous les

fruicts de la terre ; les in-
curables maladies, accom-
pagnées de langueurs,
d'horreurs & de cruautez.
qui tuent mille fois vn
corps abandonné, sans le
faire mourir, les auersions
des maris & des femmes
au temps qu'ils se regar-
dent, & les desirs passion-
nez de se reuoir quand ils
sont separez : ces malheu-
reux enchantemens qui les
empeschent du fruict de
mariage. Ces charmes, &
ces filtres qui arrachent les
filles des seins du pere &
de la mere, pour se lier à
des partis peu sortables, à
leurs conditions : cette

mortalité, qui arriue parmy les animaux ; ces em-
poisonnemens des eaux &
des fontaines ; ces corru-
ptions d'air, les seicheresses
& les sterilitez, les pestes,
les famines, les guerres, les
proces, les debats, les que-
relles & autres infortunez
euenemens, ne sont autre
chose que l'execution de
ce contract pernicieux ;
comment ce pourroit-il
donc faire, que le diable
ait enseigné aux hommes
la fructueuse Poudre de
Sympathie? Comme pour-
rions nous croire qu'vn si
grand ennemy nous ait

voulu procurer vn si grand
aduantage ? C'est s'esgarer
dé la raison, d'attribuer à
l'enfer vn des plus riches
dons du Ciel, & le plus si-
gnalé témoignage d'a-
mour au plus cruel enne-
my de nos vies.

Et puis quand le demon
l'auroit le premier enseigné aux humains, elle ne
seroit pas pour cela, ny
vaine, ny superstitieuse. Vn
thresor enseigné par le
Diable ne perd rien de son
prix, les beaux enseigne-
mens & salutaires instru-
ctions conseruent leur va-
leur, bien que souuent ils

sortent de cette bouche
enuenimée : les veritez
sont de la nature des lu-
mieres qui se plongent dãs
les marets & dans la bouë;
sans alterer leur pureté, elles resemblent aux perles
& pierreries, qui ne sont
pas moins precieuses, bien
qu'elles sortent de la sa-
leure de la mer, & s'amas-
sent dans la poussiere ou
dans le sable. L'inimitié
que nous sçauons estre entre Dieu & le demon, ne
fait pas qu'il ne puisse dire
souuent la verité, & ne
demande pas que nous
blasmions tousiours ce qui
vient de sa part, autrement

il faudroit reietter les aduis des pecheurs qui nous
preschent la parole de
Dieu, il faudroit defendre
le commerce auec les
Turcs & les Payens, & se
bien garder de manier de
leur argent, puisque le pe-
ché & l'infidelité les con-
stituent les ennemis du
Ciel : La defencé que l'E-
glise nous fait d'auoir aucun commerce auec ces
Anges de tenebres & ma-
ledictions, ne s'estend pas
a condamner tout ce qu'ils
auroient dit & enseigné de
veritable ; ie voudrois bien
sçauoir si ces scrupuleux
zelez & inconsiderez, lais-

seroient

feroient vn threfor dans la
terre, que le demon fans
pacte, & fans conuention
leur auroit enfeigné : s'ils
refuferoient de grandes
fommes de déniers qu'il
leur voudroit donner fans
condition & liberalement:
s'ils fermeroient les aureil-
les quand il voudroit aux
mefmes circonftances, de-
clarer les proprietez des
fimples, les vertus des
plantes, les facultez des
chofes naturelles: le pacte
feul tacite, ou explicite
auec le demon, nous eft
iuftement defendu : car ce
feroit prendre party auec
l'ennemy de noftre Prince

legitime, au preiudice de
nos fidelitez, & non l'vsage d'vne chose dont il auroit declaré la vertu : de sorte que, quand mesme la Poudre Sympathique auroit esté enseignée par le diable, n'y ayant pacte, ny explicite, ny tacite en l'vsage d'icelle, elle ne seroit ny vaine, ny superstitieuse, mais innocente & naturelle : pour le connoistre clairement, il n'est besoin de sçauoir autre chose que sa veritable composition, & la façon de son vsage.

On prend du vitriol romain, ou pour mieux di-

Compo-
sition de
la Pou-

re vniuerſel & catholique,
& meſme du commun ,
qui portant le nom , &
l'vn des caracteres de cét
vniuerſel , approche plus
de ſa nature , & a receu de
ſes vertus , plus que les
autres corps de cette baſſe
region : On l'expoſe au ſoleil pendant la canicule ,
& eſtant regardé amou-
reuſement , & arroſé de
cette ſource de lumiere ,
il s'altere doucement , il ſe
deſeiche , il ſe reduit en
poudre , il ſe calcine , &
ſe blanchit ; & voila tout
l'artifice & le myſtere de
noſtre Poudre merueilleu-
ſe , de laquelle il faut vſer

de la suiuante sorte.

L'vsage de la Poudre de Sym-pathie.

On trempe vn lingē dans le sang ou pus de la playe du blessé : on met vn peu de cette Poudre sur ce sang, & on le garde en vn lieu temperé, ce que estant reiteré cinq ou six iours de suite, quelque fois plus, quelque fois moins, les parties diui-sées se réioignent, la playe se referme, & le blessé se trouue sain, quand mesme il seroit esloigné de plus de mille lieues, du linge où est appliquée la Poudre.

Or si vous y prenez gar-de, on ne peut remarquer en tout cecy aucune sorte
de

de superstition; on ne voit
point de circonstance vi-
ticule, point de vaines ce-
remonies, point de paroles
inutiles, point de conuention, point de signes de
Croix marquez mal a pro-
pos, point de postures ri-
dicules, & autres pareilles
grimaces, dont vsent or-
dinairement les magiciens,
prophanes, & reprouuez
en leurs enchantemens.

La matiere est vn des plus
riches composez d'icy bas,
sa composition se fait au
soleil, qui influë la vie &
les vertus a toutes choses:
L'operateur est l'homme,
qui n'a fait aucun pacte,

E

qui n'en voudroit point
faire, qui renonce à tous
ceux qui pourroient estre
faits, qui ne profere point
de paroles, ne dit point
d'oraisons, & se comporte
en tout de la mesme ma-
niere, qu'en l'application
des autres remedes; il l'a-
plique sur le linge trempé
du pus, ou du sang du ma-
lade; ce linge n'est point
tissu dans les enfers : ce
sang ou pus a esté pris dans
la playe du malade, il n'est
point enchanté par fumi-
gations, ou autres semblables amusemés necroman-
tiques. Pourquoy donc ?
tout y estant tres naturel,

la croyrons nous criminel-
le & superstitieuse ?

I'ends desia ces troupes
d'ignorans déguisez en Docteurs, qui establissant la
capacité de l'homme à sçauoir quelques mots de
grec, ou de latin, comme
des Perroquets, ou à mou-
uoit des logicales disputes,
& altercations, comme des
femmellettes, moins éclai-
rez que des hiboux dans les
matieres releuées, me pro-
posent auec des insolences
ordinaires trois raisōs prin-
cipales, pour iustifier la
sentence de condemnation
qu'ils ont legerement pro-
noncé, contre la Poudre de

Sympathie, & les effets qu'elle produit au grand mépris de la nature, & de l'Autheur qui la crée: mais si desposans leur faste & leur orgueil, ils m'escoutent auec vn esprit qui ne soit pas preoccupé, ie m'asseure qu'ils iugeront plus sainement, & de l'vn, & de l'autre.

Premiere difficulté.

Premierement, ils ne peuuent comprendre, comme la Poudre de Sympathie pourroit agir, estant beaucoup esloignée du malade.

Seconde difficulté.

Secondement, ils ne sçauroient s'imaginer, pourquoy elle est appliquée à vn linge trempé dans le

fang, contre l'vfage des remedes, & non à la partie
bleſſée.

Troiſieſmement, ils n'ont
peu deſcouurir les voyes,
les moyens, & la façon de
laquelle la vertu de la Poudre, depuis ce linge enſan-
glanté, eſloigné quelque
fois de plus de mille lieuës,
eſt portée en vn moment à
la partie bleſſée. Voila toutes les pieces de leur ſac,
voila les fondemens du iugement precipité qu'ils ont
rendu; voila ces puiſſantes
raiſons, qui ont empeſché
iuſqu'a preſent vn monde
tout entier, d'entreprẽ-
dre hautement la defence

Troiſieſ-
me diffi-
culté.

E

d'vne cause innocente, contre des parties si appuyées & si puissantes : neanmoins i'oseray aduancer, que si d'abord ces trois raisós surprennent les esprits, estant examinées & pesées au poids de la iustice, elles-feront détruictes par leur propre foiblesse : rendons ce seruice au public & à la verité, à ce que desormais elle triomphe du mensonge.

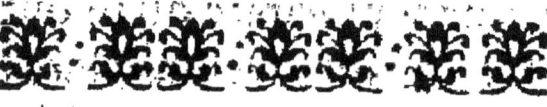

DISCVTION I.

Discution & solution

PREMIEREMENT, i'aduouë auec l'escho-

le, que l'agent n'agit pas,
s'il n'eſt conioint au patient, ou par ſuppoſt, ou
par vertu: mais il n'y a point
de philoſophe qui ſouſtien-
ne, que l'vnion des deux
ſuppoſts ſoit neceſſaire,
pour ne point admettre
d'actions entre les choſes
eſloignées : il ſuffit que l'a-
gent ſoit voiſin du patient
par ſa vertu : autrement
toutes les actions qui ſe
produiſent tous les iours,
contrediroient cét axio-
me : le Soleil, les planettes,
& les aſtres, quoy qu'éloi-
gnez de nous, produiſent
les fleurs, les fruits, & les
richeſſes de la terre : il n'eſt

de la pre-
miere
difficul-
té.

pas necessaire que le soleil
soit en substance sur la terre, pour acheuer ces ou-
urages que Saturne, Iupi-
ter, & Mars, & les autres
souuerains dominateurs de
nostre region, descendent
icy bas en personne, s'il faut
ainsi parler, pour concou-
rir à ces productions, c'est
assez qu'ils enuoyent leurs
vertus & leurs celestes influences dans les sujets sur
lesquels ils trauaillent: c'est
ainsi que la Poudre de Sympathie agit, elle est telle-
ment enrichie par le soleil
de dons celestes : impre-
gnée par les autres Planettes, de tant de sorte de vertus,

tus, que nous pouuons iu-
ftement l'appeller vn aftre
fur la terre, qui participant
vne nature celefte, & vne
forme aftrale, darde fes
vertus par tout, mefme és
lieux tres-efloignez, n'a
pas la fphaere de fon actiuité determinée, comme
les autres corps inferieurs,
& fon action tres-fubtile,
ne peut eftre empefchée
par aucun milieu, de quelle nature qu'il puiffe eftre.

Le foleil, dit Paracelfe
Philofophe Allemand, au
liure quatriefme de fa Phi-
lofophie induftrieufe, cha-
pitre cinq, eflance fes rayons & fes vertus par tout,

F

penetrant par sa lumiere,
les rochers, les montagnes,
les eaux, les mers, & les
entrailles de la terre, iufqu'au centre d'icelle : les
autres astres ont receu en
partage cette mesme ver-
tu, & rien ne peut seruir
d'obstacle à leur passage :
d'autant que tous les corps
mesme les plus opaques,
en comparaison de leur
subtilité, & merueilleuse
actiuité, sont transparents,
& diaphanes, & penetra-
bles, comme verre.

Ce miracle de nature est
caché à nos yeux ; mais découuert par nostre enten-
dement, pourueu qu'il soit

aidé par la lumiere d'vn
plus noble soleil, qui n'est
point sujet aux Eclipses, &
qui tenant en main les clefs
de la nature, ouure & ferme les portes à qui il veut,
& quand il veut.

La Poudre de Sympathie
agit de la mesme maniere,
elle à receu des astres & des
natures superieures, vne
vertu si forte, si subtile, & si
semblable à leurs influences, qu'a guise d'vn astre
incorporé, comme nous
auons dit, elle passe & tra-
uerse aussi facilement, penetre autant subtilement,
estend son action aussi loin,
surmonte aussi puissam-

ment tous les obstacles, n'est point repoussé par les opaques, & agit en tout de la mesme façon.

Ce n'est pas vne chimere & resuerie de penser, que quelque corps elementaire peut estre doué des quali-tez des corps superieurs: l'aymant qui se trouue en la terre, que l'on appelle Martial, parce qu'il est su-jet & dominé par Mars, rayonne, & passe ses vertus nuisibles, au trauers des aix espoix, solides, & opa-ques; mettez des ferre-mens sur vne table, & de l'aymant dessous, que re-muerez de tous costez, & vous

vous apperceurez les ferre-
mens qu'auez mis fur la table, faire les mefmes mouuemens & des mefmes co-
ftez; ie m'eftonne, comme
nos ignorans n'attribuent
pas à la magie, cét effet de
nature; peut-eftre que les
anceftres dont ils font def-
cendus, ont eu ce fentimét
dans les premieres expe-
riences qui en ont efté faites; i'ay voulu inferer en
paffant cét exemple de l'aymant conneu de tout le
monde, pour vous perfua-
der entierement & à mon
propos, qu'il n'eft pas ridi-
cule de mettre en auát, que
dans noftre region elemen-

faire, il s'y peut rencontrer
des sujets douez & enrichis
d'vne vertu celeste, & reue-
ftus d'vne nature aftrale.

Dieu autant sage en ses
conduites, que puissant en
ses œuures, & qui a ébau-
ché dans la nature quelque
Image de ses plus hauts
myfteres, pour nous en fa-
ciliter la connoissance, &
ayder noftre foy contre ses
ennemis, à voulu peut-
eftre faire choix d'vn sujet
dans cette inferieure re-
gion, pour y marier les vertus celeftes & terreftres, &
y conjoindre par vn lien de
fa puissance, les natures
fpirituelles & corporelles,

les subtiles auec les grossie-
res, les actiues auec les pe-
santes, les steriles auec les
fœcondes, & les viles auec
les precieuses : pour nous
laisser quelque ombrage, ou
ou crayon de l'vnion hy-
postatique de la nature hu-
maine auec la diuine, ac-
complie au iour miracu-
leux de l'incarnation, & il
a choisi le vitriol vniuersel
& catholique; vitriol de la
terre, appellé vitriol de ve-
nus, & le scel de Saturne
par les sages, entre tous les
autres indiuidus de la nature, bien qu'il soit du plus
bas genre de cette basse region: parce que les mine-

raux , nonobſtant qu'ils
ſoient de cét eſtage infe-
rieur de la nature, appro-
chent de plus prés des formes & des vertus aſtrales ,
& entre les mineraux , le
vitriol eſt le plus precieux,
& à receu en partage de ces
vertus celeſtes vne plus
grande part d'ou vient que
les Philoſophes anciês plus
éclairés que nos modernes,
ont laiſſé par eſcript , que
le Soleil eſtoit ſon pere , &
la Lune ſa mere ; ainſi il
eſtoit raiſonnable à raiſon
de cette affinité plus grande, qui n'eſt pas pourtant
connuë d'vn chacun , ains
ſeulement des ſages & des

humbles , de le choisir
entre tous, pour eſtre le ſujet de ce noble & riche mariage : de meſme que la
Diuine ſageſſe voulant s'in-
carner , & faire ce chef
d'œuure de ſa toute puiſ-
ſance , à choiſi l'homme
tres-vil , tres-abjet , tres-
miſerable , & la derniere
des creatures intelligentes,
& entre tous les hommes,
CHRIST : à raiſon de la
plus grande reſſemblance
de l'homme auec Dieu ,
connuë de peu comme il
faudroit, pour puiſer de la
vn tres-puiſſant motif, de
nous faire ſemblables en
nos œuures, à celuy de qui

nous sommes en nôtre être
vne parfaite Image.

Or si ce n'est pas vne le-
gere pensée, mais tres-so-
lide, & appuyée sur l'experience ; que plusieurs sujets
de la nature sublunaire,
peuuent participer celle
des astres auec leurs vertus,
proprietez, forces, & in-
fluences, ce n'est pas de
merueille de voir ces mesmes sujets darder leurs vertus ès lieux fort esloignez,
passer par les milieux les
plus opaques, trauerser en
vn moment tous ces vastes
espaces, & n'estre empes-
ché d'aucun obstacle : puisque les astres font tous les

iours ces mesmes choses, &
les mesmes causes peuuent
produire des semblables
effets.

Ce qu'estant supposé,
pourquoy vous estonnerez
vous, de voir la Poudre
Sympathetique agir de
loin, pousser ses vertus salutaires à plus de mille
lieues, trauerser en vn moment tout ce chemin, &
n'estre pas arresté par l'op-
position d'aucun milieu :
pourquoy attribuérés vous
cet effet au pouuoir du demon, & non de la nature ?
Pourquoy ne dites vous
pas pareillement, que la
production des mineraux,

& autres precieux compo-
fez dans les entrailles de la
terre, par le trauail du foleil & des autres planettes,
incomparablement plus ef-
loignez, eft faite par l'œuure de ce mefme demon?
Pourquoy ne direz-vous
pas encores, que l'impref-
fion & les mouuemens de
ces ferremens fur cette table, dont ie vous ay parlé,
faite à trauers les aix grof-
fiers, folides, & efpois, eft
donné par vn follet, que
nous ne voyons pas : que fi
vous aduouez que la pro-
duction des aftres, l'attraction de l'aymant, & autres
femblables actions font naturelles;

turelles : pourquoy n'en
direz - vous autant de l'a-
ction de noſtre Poudre ,
pouuant auoir receu des
aſtres vne vertu rapportan-
te à la leur : auſſi bien que
l'aymant & autres compo-
ſez , qui ne nous ſont pas
encores reuelez , en chaſti-
ment de noſtre ingratitu-
de ; ou ſi vous dites , que
cette vertu aſtrale & cele-
ſte , n'a pas eſté communiquée à noſtre minerale :
donnez-en quelque forte
raiſon , qui puiſſe dementir
nos yeux ? renuerſez vn
million d'experience ? faites · nous voir ce meſſager
follet qui court la poſte ,

H

depuis les enfers, ou depuis
l'air pour penfer la playe
d'vn malade, quand quel-
qu'vn applique la Poudre
fur le linge fanglant, autrement fouffrez que nous di-
fions que c'eft vous mefme
qui reiettant les belles chofes, deftruifez le pouuoir
de la nature, preiudiciant à
la toute puiffance de fon
autheur, agiffez par l'im-
pulfion des demons de la
prefomption, de l'igno-
rance, & de l'orgueil, qui
vous poffedent.

DISCVTION II.

MAIs ie veux, me
direz vous, pour
ne point paſſer pour tout à
fait opiniaſtre, que cette
Poudre de Sympathie, ſoit
encore plus que vous ne
dites: ie veux quelle ſoit vn
aſtre incorporé ſur terre;
que ſa nature ſoit aſtrale,
& ſa vertu cœleſte: Ie veux
qu'à la façon des aſtres, elle
enuoye ſes vertus, ſi vous
voulez ſes influences, depuis vn pol iuſques à l'autre: ie veux qu'elle penetre

Diſcuſ-
tion &
ſolution
de la ſe
conde
difficul-
té.

tout, entre par tout, &
perce tout ; ie veux qu'elle
furmonte les obſtacles,
qu'elle pourroit rencon-
trer en paſſant : ie veux
qu'elle agiſſe auſſi noble-
ment que le ſoleil, qu'elle
eſlance ſes eſprits comme
les planettes , & que la
ſphere de ſon actiuité, ne
ſoit pas plus déterminée :
i'accorde, qu'eſtans aydez
par l'exemple de l'aymant,
nous pouuons conceuoir
quelque choſe de toutes
ces merueilles : mais ie ne
puis pour tout cela approu-
uer cette Poudre , non
qu'elle manque de vertu,
de force, & de ſubtilité :

mais

mais à raison de la maniere d'en vser : car pourquoy l'appliquer à vn linge trempé dans le sang de la playe, & non à la partie blessée ? il est vray, pour ne rien déguiser que cét vsage est surprenant, & que de tous les remedes dont nous auons la connoissance, c'est le seul qui ne s'applique pas sur la partie blessée.

Mais s'il falloit condamner ce qui nous surprend d'abord, les plus belles choses n'auroient iamais nos approbations, les chefs d'œuures & ces pieces rares qui nous fôt admirer leurs ouuriers, seroient sujets à

I

nos conſutes: c'eſt vn ſort
donné aux plus ſolides veritez , de ſurprendre de
prime-abord les eſprits, &
en ſuite de leur ſatisfaire
par des clartez qui les em-
peſchent de douter : c'eſt le
contraire du menſonge &
du ſophiſme , au premier
regard il nous paroiſt veritable, & puis dans la reflexion vous luy faites leuer
le maſque , & le voyez à
découuert dans ſa laideur,
& dans ſa honte.

Ainſi ſi noſtre Poudre eſt
ſurprenante dans la façon
de ſon vſage , ce n'eſt pas
vn iuſte ſujet pour la condamner, ce ſeroit pluſtoſt

vn fondement pour l'ap-
prouuer ; pour porter vn
sage iugement en toute
sorte de matiere, il ne les
faut pas regarder dans leur
premier visage , ny suiure
souuét nos premieres pen-
sées , qui plus voisines des
especes, que nos sens four-
nissent à nostre entende-
ment, en ressentent enco-
res la corruption, & demeu-
rent plus sujettes à la trom-
perie. C'est aux reflexions
que nous deuons adiouster
plus de foy , & rappor-
ter nos iugemens : or s'il
vous plaist d'examiner plus
mourement cette façõ d'vser
de nostre poudre, sans vous

laisser emporter à vos premieres apprehéfions, vous
deuiendrez moins rigou-
reux dans vos arrefts, &
moins precipitez dans vos
cenfures.

C'eft vne doctrine receuë
de tous les Philofophes,
que plufieurs agens de-
mandent vn milieu, pour
produire leurs actions, &
que l'vnion immediate de
lagent auec le patient em-
pefche l'action. C'eft vn
axiome chez les Phyficiens,
que les plus actifs & plus
nobles agens détruifent les
fujets fur lefquels ils trauaillent, s'ils en font trop
voifins, & au contraire les

conſeruent & les recréent,
ſi entre l'vn & l'autre, il ſe
retrouue vne diſtance raiſonnable : or il eſt certain
que la vertu qui eſt en noſtre Poudre & dans le vi-
triol duquel elle eſt com-
poſée, eſtant de meſme
nature que les vertus aſtrales, eſt ſi actiue, ſubtile, &
penetrâte, que ſi elle eſtoit
appliquée ſur la partie
bleſſée immediatement,
elle tueroit le malade pluſtoſt que le guerir, & ce
mauuais vſage feroit de
noſtre panacée, vn inſtru-
ment de mort, & vn poi-
ſon pernicieux, ny plus ny
moins que le ſoleil peut ſe-

courir la veuë, & la blesser
par ses rayons, ou le feu dé-
truire, ou consumer le corps
par sa chaleur : il n'en est
pas de mesme, si elle est appliquée hors la partie blessée, & sur le linge trempé ,
ou dans le sang, ou dans le
pus : d'autant qu'a raison
de son esloignement, il enuoye des vertus & des es-
prits beaucoup plus doux
& temporez, destinez &
propres à la santé & à la
vie, & non à la destruction
& à la mort.

Les qualitez qui sortent
de cet agent celeste, estans
moins intenses & esleuées
hors la partie que sur la

partie, se trouuent difpofées, pour procurer la gua-
rifon : au lieu qu'eftãt por-
tées dans vn plus haut de-
gré d'intention, par l'vnion
du remede auec la partie;
elles feroient difpofées à la
ruine eftants trop afpres &
mordicantes.

Que fi vous demãdez d'où
vient cette inegalité : puif-
que la poudre ayant des
qualitez afpres & mordi-
cantes, qui blefferoient le
malade, au lieu de le guarir, eftant appliquée im-
mediatement deffus la
playe, elle alterera de ces
mefmes qualitez le linge,
ou elle eft appliquée, &

& n'agissant que par sym-
pathie, & par cette loy,
communiquant le mal,
comme le bien, communi-
quant cette aspreté au linge, elle la doit pareillemét
communiquer à la partie
blessée; & de la sorte nuira
an lieu de soulager, que si
cette mordacité prouenan-
te des qualitez par trop
intenses n'attaque que le
linge & non le blessé, d'où
peut venir la modestie de
cette poudre qui sçait agir
si à propos, que d'adoucir
& temperer ses vertus sur
le pauure blessé, & ne pas
épargner le linge; & si toutefois elle n'agit que par la
loy

loy de sympathie ; que si
elle esparghe le linge,
aussi bien que le malade,
d'où vient que cette inten-
se qualité procedante du
contact immediat qui se
feroit paroistre sur le blessé
en le touchant, n'est pas
produite sur le linge san-
glant, sur lequel on l'applique immediatement.

Ie suis tout à trauy d'enten-
dre raisonner de cette sorte
que mal satisfait de voir
prononcer des Arrests de
condamnation mal à propos.
Il est vray, que si nostre
poudre produisoit ses qualitez & ses vertus dans le
même degté d'intention sur

k

le linge qu'elle touche, que
sur le blessé, si elle le tou-
choit, la loy de sympathie
estant faite pour faire part
du mal comme du bien, &
des mauuaises comme des
bonnes qualitez, elles cau-
seroit à la partie blessée le
mesme mal qu'en la tou-
chant immediatement : &
celuy qui diroit le contraire contradiroit l'experience, qui a fait voir aux yeux
de tout le monde, qu'ayát
jetté la poudre sur le linge
remply de sang ou de pus,
& l'aprôchant trop prés du
feu, le malade à mesme
téps ressentoit dans sa partie blessée dès douleurs in-

fuportables qui s'apaifoiét
incontinét, qu'on efloigoit
ce linge du feu de forte que
fans m'arrefter à déduire
côme ces qualitez intenfes
pourroient eftre adoucies
par les milieux où elles
paffent auparauant que
d'arriuer à la partie bleffée,
comme nous voyons au
feu, qui dans vne raifon-
nable diftance efchauffe
doucement, & brufle quád
il eft manié : Ie vous diray
feulemét pour éuiter toute
difficultés & altercatiós que
noftre poudre eftát appliquée fur le linge, ne produit
pas fes qualitez & fa vertu fi
fortement, & pour parler

en terme de l'Escole, suin-
tensiuement : que si elle
estoit appliquée sur la partie blessée : d'autant que
sur le linge elle n'est pas excitée si puissamment qu'elle seroit sur le malade, au-
quel la chaleur & les esprits
sont plus forts, plus abon-
dans & agissans que dans le
sang, qui en est separé la
plusspart s'estant perdus &
dissipez par l'air exterieur,
au temps de cette separa-
tion, si bien que les remedes agissants plus ou moins
fortement : suiuant le plus
grand nombre d'esprits, &
qu'ils sont plus ou moins
excitez par la chaleur naturelle,

turelle, delà vient que la
poudre de Sympathie agit
plus doucement sur le linge que sur le malade, & à
raison de la moindre dispo-
sition du sujet immediat,
qui ne l'excite pas si fortement, que seroit le blessé:
elle produit des qualitez
plus temperées, plus dou-
ces, plus benignes : ainsi la
distance entre le remede &
le malade, est absolument
necessaire.

Il ne faut pas pourtant
s'imaginer qu'il suffise de
l'appliquer dans cét éloi-
gnement indifferemment
en tous lieux, comme par
exemple dans le logis, ou

L

dans la chambre du malade, il faut que l'applicatiõ se fasse dans cette distance sur vn linge répli de sãg ou du pus, tiré de la partie afin que la vertu de la poudre soit excitée par l'vnion auec vn sujet qui la puisse mettre de puissance en acte parce que les agens naturels n'agissent iamais qu'ils ne soient meus & excitez, & dans vn sujet capable de receuoir leurs actions, & leurs vertus.

Vous voyez donc, que si l'on nous enseigne d'apliquer la poudre de Sympathie sur vn linge ensanglanté & non sur la partie,

ce n'eſt pas vn ſi puiſſant
ſujet de s'effarer & s'emporter juſqu'à nous dire
des injures, nous appellant
Magiciens & ſuperſtitieux:
les Magiciens comme nous
auons dit, gagez de l'enfer
pour faire du mal aux hô-
mes, n'vſeroient pas d'vne
precaution ſi charitable, &
ſi ingenieuſe pour aſſeurer
la vertu de ce remede, &
procurer la ſanté ſans peril
par cette conſideratió ſeule, vos inuectiues ſont ſans
excuſes, puis qu'elles té-
moignent ſuffiſámét qu'au
cas meſme, que l'effet de
cette poudre ne ſoint point
naturel, vous en deuiez

plûtoſt chercher la cauſe,
dans le Ciel, que dans l'Enfer, & la raporter au mini-
ſtere des Anges, plûtoſt
qu'à celuy des Demons :
mais il n'eſt pas beſoin de
recourir à des agens ſurna-
turels, ou la nature eſt
aſſez forte, & ne faut pas
condamner l'vſage des re-
medes quoy qu'extraordi-
naire pour la circonſtance,
que la raiſon naturelle dé-
couure & iuge neceſſaire,
pour produire l'effet que
l'on eſpere.

DISCVTION III.

IL reste donc à monstrer & à faire clairement cō- ceuoir, par quel miracu- leux moyen la vertu de cet- te Poudre, est portée cer- tainement & en vn instant depuis le linge jusqu'à la partie blessée, esloignée souuentefois de plus de mil lieuës : nous auons bié dit que cette Poudre agis- soit à la façon des Astres qui communiquent leur vertu, depuis le Ciel jus- quà la Terre : mais ie con- fesse pour ne me point flat-

Discutiō & solu- tion de la troisième difficulté

ter dans mes penſées, que ſi
cela ſuffit, pour monſtrer
que l'action de noſtre Poudre ne ſe fait pas ſans toucher le malade par vne ſa-
lutaire impreſſiõ de ſa vertu, & que l'vnion des deux
ſuppoſts, n'eſt pas requiſe
pour la production de cét
effet, comme il paroiſt par
les continuelles produ-
ctions des Planettes.

Ce n'eſt point aſſez
dire pour penetrer clairement le moyen par lequel
cette vertu ſe communi-
que ſi merueilleuſement;
ou ſi c'eſt le declarer con-
fuſement, ce n'eſt pas l'ex-
pliquer comme il faut.

C'eſt quelque choſe de
dire que cela ce fait à la
façon des aſtres: mais c'eſt
encore plus de dire & d'ex-
pliquer comment cela ſe
fait à la façon des aſtres;
c'eſt quelque choſe de dire
la façõ:mais pour tout dire, il faut éclaircir cette fa-
çon&en donner des raiſons
éuidentes, & c'eſt en cela
que giſt le nœud de la difficulté, ſuppoſé toutefois,
que cette Poudre agiſſe ſur
le linge comme il paroiſt à
l'œil, vous conceurez ſans
peine, que nonobſtant la
grande diſtance, elle agiſt
pareillement ſur la partie
bleſſée : ie ne veux point

dire feulemēt comme ceux
qui en ont voulu parler iufqu'à prefent, que cette
merueille ce fait par la loy
de Sympathie, & n'expli-
quant pas du tout la façon
d'agir de cette loy, n'ou-
urent pas la porte à l'efprit
pour fortir de cette obfcu-
rité. Ie defire paffer plus
auant & tirer tout à fai le
rideau, pour voir la verité
à decouuerte, à cette fin
ie vous prieray de vous re-
prefenter vn homme d'vne
grādeur fi prodigieufe qu'il
pourroit toucher le Ciel de
fa tefte, & de confiderer
que nohobftant cette hau-
teur, il y auroit tres-gran-
de

de Sympathie entre les efprits qui sont aux pieds,
& ceux qui résident au cerueau, combien que les ef-
prits viuifians & agissans,
exercent diuerses fonctions
dans les parties du corps,
ils sont toutesfois symboliques, & de mesme nature,
& qu'ainsi persône ne peut
nier auec raison que le bié
ou le mal qui atriuera à ces
parties inferieures, de ce
prodigieux Geant ne puisse
se cômuniquer au cerueau,
par cette loy de Sympathie
bien que le cerueau en soit
tres-esloigné, l'experience
nous enseigne que souuent
la douleur affligeant vne

M

partie du corps prouenant
d'vne mauuaiſe affection,
cauſe l'intemperie en tout
le corps, broüille les hu-
meurs, excite la fiévre, &
quelquefois ameine la
mort: Au contraire il arriue ſouuent que la fiévre ſe
guarit, & la ſanté ſe reſta-
blit dans tout vn corps, par
l'application exterieure de
certains ſimples, ſur vne
ſeule partie de ce corps,
d'autant que par cette loy
de Sympathie, il ce fait
vne communication de
leur bonne ou mauuaiſe
impreſſion és eſprits, & és
parties differétes du corps,
ſans que la grande diſtance

qu'il y pourroit auoir entre ces parties, puisse em-
pescher ce commerce de la
nature, puis qu'il ce fait
dans les grands & dans les
petits corps, auec vne pa-
reille facilité.

Ie sçay bien que vous al-
lez dire, que l'on remarque
cette communication és
corps des animaux, non
seulement à raison de cette
loy Sympathetique : mais
aussi à raison de la continuité de ces parties & de
ces esprits ; ce que i'aduoüe
tres-veritable, il est donc
vray, comme vous auez
tres-bien pensé que la cõ-
munication du bien ou du

mal, ce peut bien faire entre les parties par les efprits ; à raison de la continuité ; aduoüez donc pa-
reillement que l'action de
noftre Poudre eft naturelle , & que cette reflexion
que vous venez de faire ,
va diffiper toutes les tenebres , qui vous empef-
choient de découurir vne fi
belle vérité : car vous de-
uez fçauoir qu'entre tout
l'vniuers & toutes fes parties , il n'y a pas vne moindre liaifon & continuité ,
qu'entre vn corps entier, &
fes parties , ny vne moindre
Sympathie , entre l'efprit
vniuerfel & tout l'vniuers,
qui

qui va par tout: qui enui-
ronne tout, penetre tout,
anime tout, meut tout,
compose tout, viuifie tout,
fœconde tout, informe
tout; & les parties qui cō-
posent de mesme vniuers,
c'est à dire, les mine-
raux, les vegetaux, les
animaux, la terre, les
eaux, l'air, les cieux, les
Astres & les planettes,
qu'entre vn corps particulier & les parties qui le
composent. d'où vient que
nous ressentons des chan-
gemens notables en nos
corps, suiuant que l'air se
trouue ou temperé ou cor-
rompu, voire toutes les

N

choses du monde viuent,
se conseruent, & se nourris-
sent d'air, & de cét aliment
spirituel vniuersel : c'est le
mesme esprit, dont il est
parlé dans la Genese, qui
se promenoit sur les eaux,
afin que par ses differentes
participations & informa-
tions il diuisast l'estat du
móde en plusieurs Royau-
mes differents: c'est le mesme esprit, dont parle le
Psalmiste qui remplit tout
l'vniuers, & ce qui con-
tient toutes choses, & à la
science de la voix, il remplit veritablement rout le
monde, puis qu'il est tout
par tout, il est tout, en

tout, & est le tout de tout:
puis qu'il informe, conser-
ue & nourrit toutes cho-
ses : il remplit toutefois
particulierement celuy qui
contient tout, c'est à dire
l'homme qui est vn petit
abregé de toute la natu-
re : d'autant qu'il existe
auec les pierres & les mineraux, vit auec les plátes, a le
sentiment comme les ani-
maux, & est intelligent
auec les Anges : il a pareillement la science de la
voix, puisqu'il parle la lan-
gue de toutes les nations, il
chante auec les oyseaux, il
nage auec les poissons, il
marche auec les animaux,

il parle auec les Hommes:
en vn mot il est la forme
des formes qui anime & informe le tout, & les parties
du tout : de maniere que si
vous n'estes pas tout à fait
aueugle, vous pouuez con-
ceuoir clairement que la
communication de la ver-
tu de nostre Poudre ce peut
faire en vn moment, par
les lignes de cet esprit vniuersel correspōdant à tout
& non seulement contigu,
mais continu à l'homme &
à toutes les parties de ce
grand tout de l'vniuers,
comme dans vn corps, le
bien ou le mal d'vne partie
se communique à vne au-

tre par les esprits du corps.

Que si maintenant l'action de cette Poudre, n'est pas receuë indifferemment fur toutes les parties du monde, auec toutes lesquelles cét esprit vniuersel correspond, mais seulemét en la partie laisée, c'est à raison de la plus grande Sympathie, qui est entre le sãg ou le pus, fur lequel est appliquée la Poudre, & la partie blessée, tous deux estant d'vne mesme nature, voyons nous pas dans vn corps, que l'action des esprits, en vne partie, où l'impressiõ faite, en cette partie attaquent plutost vne cer-

taine partie, qu'vne autre
du mesme corps, à raison
d'vne plus grande corres-
pondance : il faut admet-
tre vne latitude entre les
choses Sympathetiques, &
aduoüer que la Sympathie
n'est pas par tout égale, &
que quand elle est entiere
côme entre le sang & le sang
d'vn mesme indiuidu, la
communicatió ce fait tres-
aisément & tres-subtile-
ment, d'autant qu'il y a
vne mutuelle propension
des deux, & vne naturelle
& reciproque attraction
de la vertu communiquée:
ainsi qu'il est à remarquer
en l'action de nostre Pou-

dre, qui excite & influë sa
vertu, dans vn sang separé,
qui tend par vne naturelle
inclination à la partie, de
laquelle il a esté tiré auec
violence pour estre receuë
dans la partie lesée, qui
de sa part l'attire à soy par
vne vertu naturelle & ma-
gnetique : de sorte que l'vn
tendant & inclinant à l'autre, & cét autre attirant
fortement, cét esprit vniuersel est determiné à seruir de mediateur, pour faire cette amoureuse com-
munication entre ces deux
freres, & non ailleurs.

Ce n'est donc pas vne
communication magique,

& superstitieuse, puis
qu'elle est si bien fondée
en la nature: elle n'est dõc
pas audessus de nos concep-
tions, puisque nous
voyons tous les iours les
mesmes effets en nous
mesmes: elle a donc esté
trop legerement condam-
née, puisque non seule-
ment elle est innocente,
mais tres vtile & salutaire.

Et afin de ne rien oublier
pour voftre satisfaction, si
vous me domandez, ce que
produit cette Poudre mer-
ueilleuse pour guarir le
malade & appaiser ses douleurs, ie vous diray auec
les sçauants Medecins, que
quand

quand la nature est forte,
robuste & vigoureuse,
abondante en esprit, & en
chaleur naturelle, remplie
d'vn sang tres-pur, elle
guarit elle mesme les ma-
ladies, & ses blessures, parce qu'estant ainsi disposée
cuit l'alimēt, & fait qu'il ne
se conuertie pas en pus, elle rejoint les parties, par
son propre mouuement,
elle rejette les ordures, elle engendre la chair, elle
affermit cette chair pro-
duite nouuellement, &
ainsi elle guarit sa playe,
ie vous diray ensuitte que
la Poudre de Sympathie
protege, & dispose de cet-

O

te force la nature, aug-
mentant la chaleur natu-
relle, purifiant le fang, in-
troduifant vn bon tempe-
rament, & reparant tous
les efprits, par fa vertu
aftrale & folaire, capable de
produire tous les effets qui
font naturels au Soleil, &
les fruits ordinaires des
corps fuperieurs, qui ont
communiqué leur nature à
ce noble mineral, duquel
les anciens n'ont pas écrit
fans caufe. *Vifitabis interio-*
ra terræ, rectificando, inue-
nies occultũ lapidem, verbam
medicinam. Vous vifiterez
les entrailles de la terre, en
rectifiãt, vous trouuerez la

pierre cachée, véritable &
souueraine medecine. C'e-
ftoit pour defigner en fon
nõ vn myfterieux auguré
de fes vertus, que fi nous
remarquons vne eftincelle
de vertu miraculeufe au
vitriol commun, que ne
feroit pas-le vitriol catholique de la terre, vray bau-
me de nature, ie vous puis
affeurer auec ferment, que
fi nous connoiffions ce don
de Dieu & la fcience Sym-
pathetique, nous eftonne-
rions toute la terre, par
mille effets prodigieux.

Nous connoiftrions par
experience que deux per-
fonnes éloignées (fe pour-

roient peut-estre commu-
niquer , quand ils vou-
droient par qnelque façon
secrette & merueilleuse
sans art magique , &
par des voyes purement
naturelles ;nous découuri-
rions combien grande est
l'ignoráce parmy les hom-
mes que d'attribuer à la
magie les plus faciles productions de la nature.

Nous ne mepriserions
pas les sceaux & images
sous figures des planetes,
& ces merueilleux tali-
semants de nos sages an-
cestres, faits & grauez sur
des metaux qui leurs sont
propres & symboliques,
autant

autant qu'ils font bien dif-
pofez dans le Ciel. Nous
pourrions bien iuger que
leurs effets prodigieux qui
ont fait iufqu'à prefent autant d'incredules que d'admirateurs font tres-natu-
rels, & procedent pu-
rement des influéces aftra-
les par la vertu de cette
loy de Sympathie. Nous
en pourrons parler quel-
ques iours au grand con-
tentement des curieux.

Dieu immortel ! quels
biens ne feroient pas les
bons, mais auffi quels
maux ne feroient pas les
libertins ! Partant, que
Dieu le reuele aux bons,

P

s'il luy plaiſt, & n'en di-
ons pas dauantage, de
peur que les méchans n'a-
buſent de cette connoiſ-
ſance.

FIN.